The Last Flower

A Parable in Pictures

James Thurber

世界で最後の花

絵のついた寓話

ジェームズ・サーバー

村上春樹 訳

ポプラ社

ローズマリーに

君の住む世界が、わたしの住む世界より
もっと善き場所になっていることをせつに願って

世界で最後の花

みなさんもごぞんじのように、
第十二次世界大戦があり

文明が破壊されてしまいました。

町も、都市も、村も、
地上からそっくり消えてしまいました。

森も林も全滅しました。

そしてすべての庭も。

そしてすべての芸術作品も。

男も女も子供たちも、そのへんの動物たちより、
もっとみじめな存在になってしまいました。

そのような姿にがっかりして、犬たちはみんな、
落ちぶれた飼い主のもとからはなれていきました。

かつて地上を支配していた人間たちが、
そんななさけない状態になったのを見て、
ここぞとばかりにウサギたちが、
ひとびとにおそいかかりました。

本も、絵画も、音楽も、地上からなくなりました。
人間たちはなにをするでもなく、
ただそのへんにぼんやり座りこんでいました。

歳月が、そのように過ぎていきました。

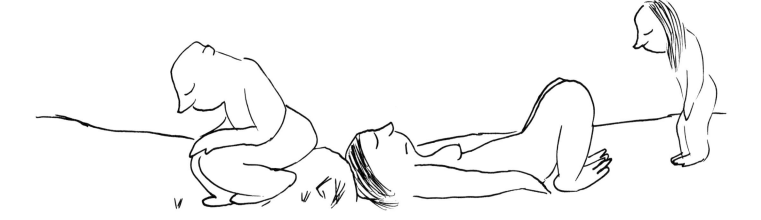

生きのこった数人の将軍たちも、
最後の戦争がなにのためのものだったのか、
もう思い出せません。

少年たちと少女たちは成長しても、
ただおたがいをぼんやり見つめあうだけです。
愛がこの地上からそっくり消えてしまったから。

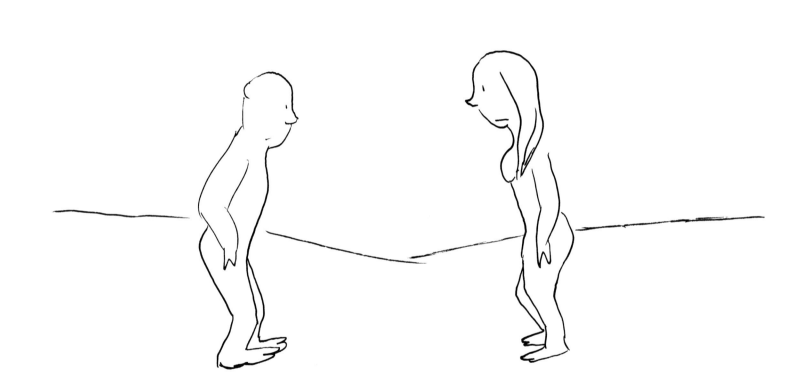

ある日、それまで花をいちども見たことのなかった若い娘が、
たまたま世界に残った最後の花を目にしました。

娘はほかの人間たちに、
最後の花が死にかけていると言ってまわりました。

でも彼女の話に興味を持ってくれたのは、
よそからやってきたひとりの若い男だけでした。

若者と娘は花に養分をあたえ、
花は元気を取りもどしました。

ある日、一匹の蜂がその花をおとずれ、
それからハチドリもやってきました。

まもなく花は二本になり、まもなく四本になり、
それからもっともっとたくさんになりました。

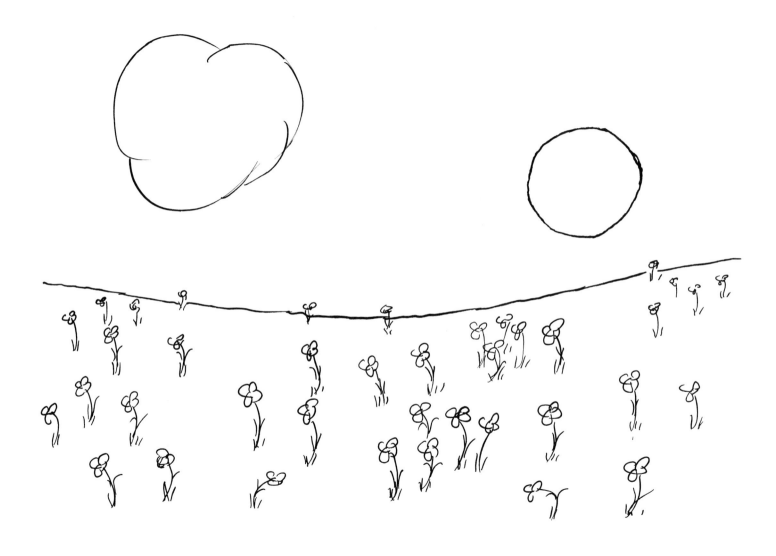

林と森がまた地上にもどってきました。

若い娘は、自分がどんなふうに見えるか、
気になりだしました。

若者はその娘にさわるのが、
とてもすてきな気持ちのするものだと気づきました。

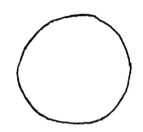
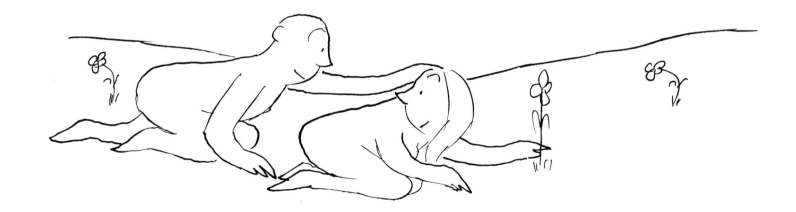

世界に愛が再びうまれたのです。

彼らの子供たちは元気にすくすくと育ち、
走ったり笑ったりすることをおぼえました。

犬たちもみんなもどってきました。

若者は石をひとつひとつ積んで、
住みかをつくるやりかたを見つけました。

ほどなくだれもが
自分の住みかをつくるようになりました。

町や都市や村がつぎつぎにうまれていきました。

世界に歌がもどってきました。

旅の音楽師や曲芸師も復活しました。

仕立屋さんも、靴職人も。

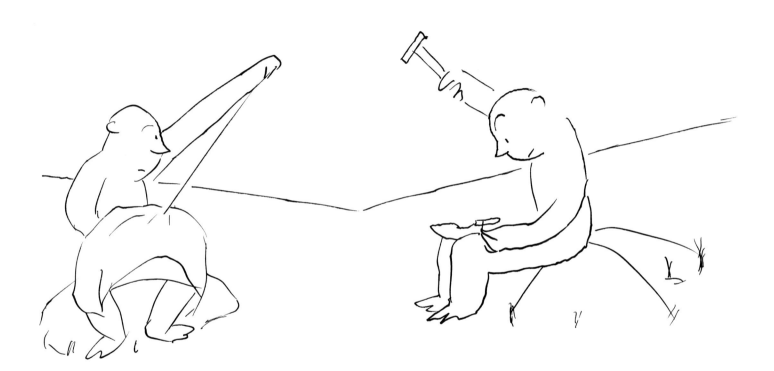

絵描きさんも、詩人も。

彫刻家も、車大工も。

そして兵隊たちも。

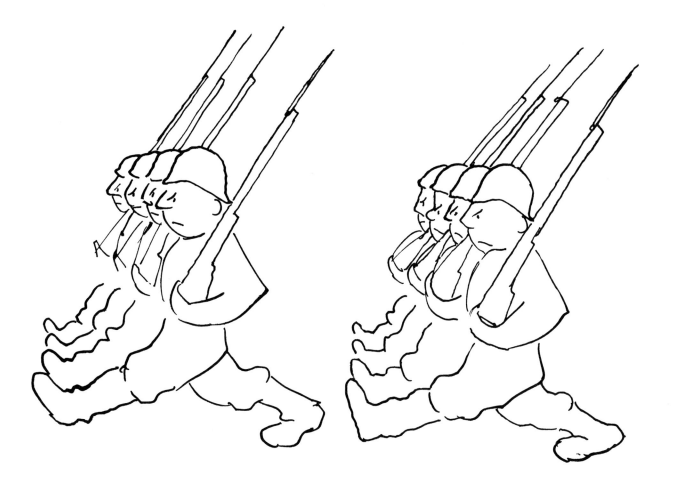

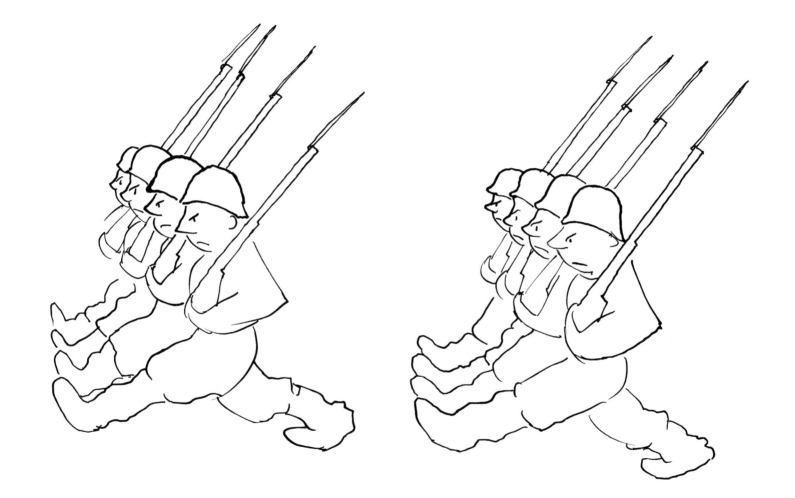

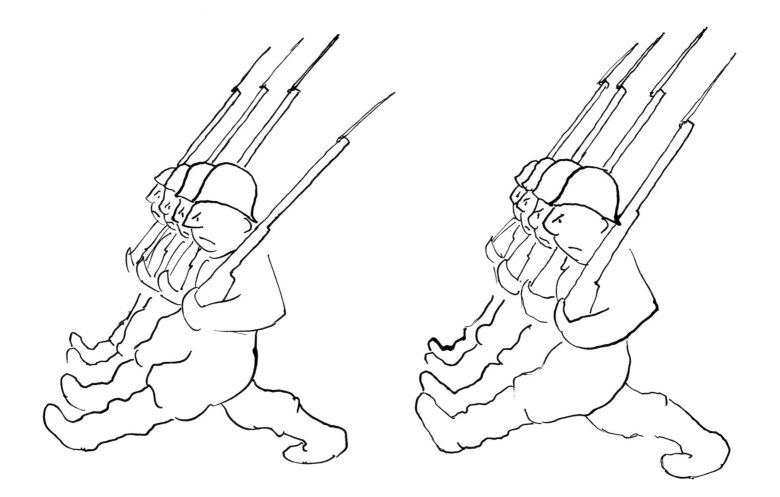

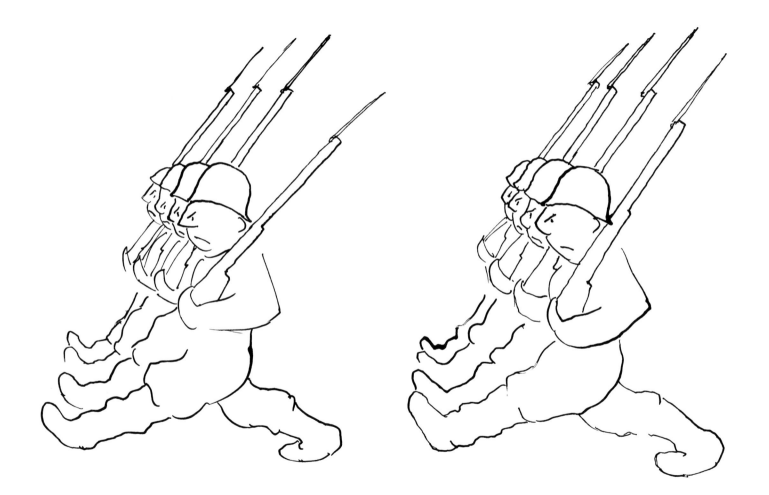

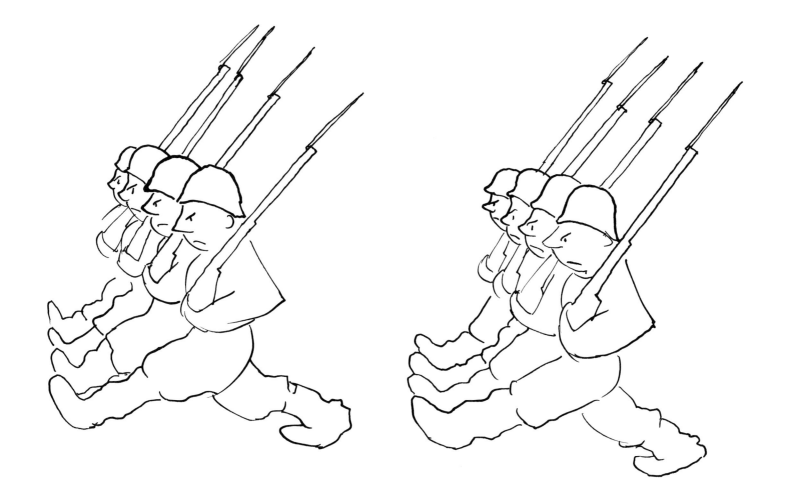

中尉さんに、大尉さんも。

将軍やら、大将も。

そして弁舌家たち。

ひとびとはある場所に住みつき、
べつのひとびとはべつの場所に住みつきました。

すこしたつと、谷に住みついた人たちは、
丘の上に住みつけばよかったと思うようになりました。

そして丘の上に住みついた人たちは、
谷に住みつけばよかったと思うようになりました。

弁舌家たちは神様の導きのもと、
みんなの不満に火をつけました。

まもなく世界中が再び戦争になりました。

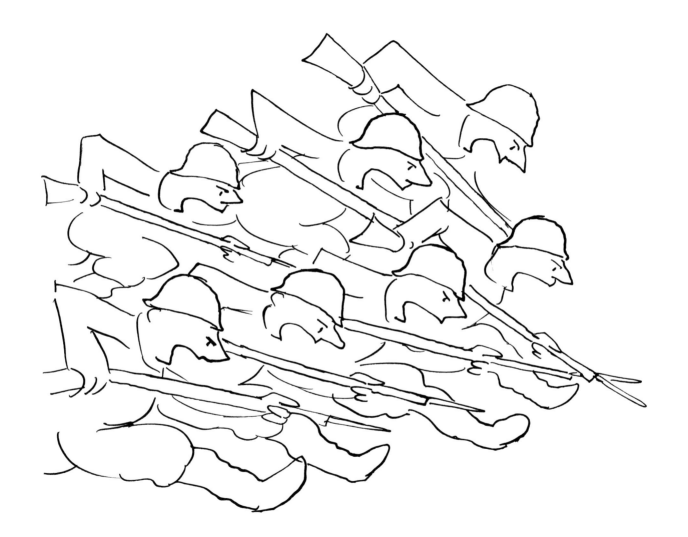

今回の破壊はしっかり完全なものだったので……

世界にはまったくなにひとつ残りませんでした。

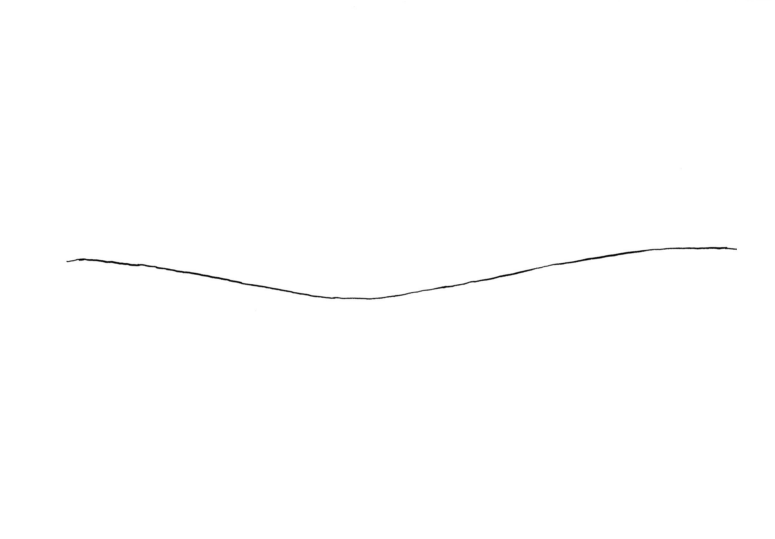

ただ、ひとりの男性と

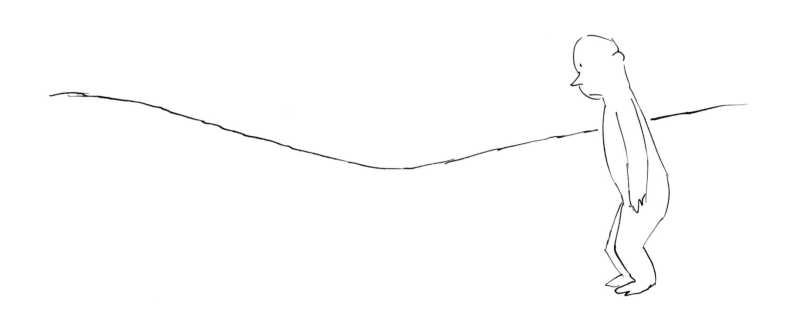

ひとりの女性と

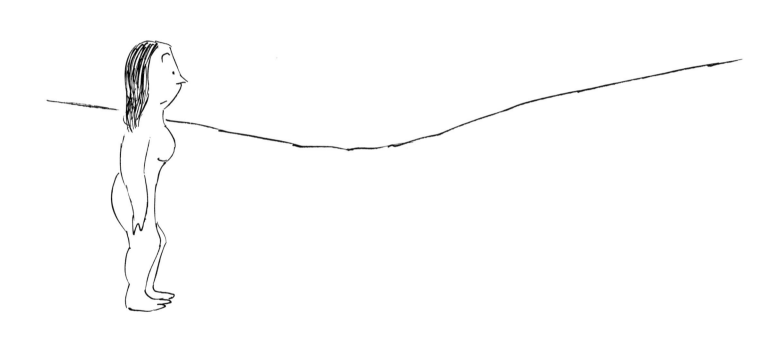

そして一本の花だけはべつにして。

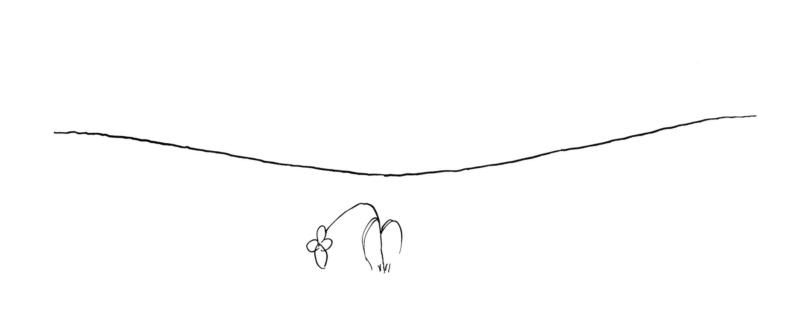

訳者あとがき　　村上春樹

　　ジェームズ・サーバー（1894 – 1961）はアメリカの画家にして文筆家です。雑誌「ニューヨーカー」に編集者として勤務しているとき、そのへんの紙に絵をさらさらと落書きして、丸めてぽいとゴミ箱に捨てていたのですが、同僚がその紙をたまたま拾って見て、「これ、なかなかいいじゃないか」と感心し、その結果同誌専属の漫画家として採用され、人気を博しました。とりわけ犬を描いた一コマ漫画が有名です。犬が好きだったんですね。なおサーバーは子供の頃に負った目の傷のために、ほとんど全盲状態でした。だから自分の描いた絵も、ぼんやりと滲んでしか見えなかったということです。

　　また絵を描くかたわら、彼は多くの短い小説も書き、とくに『ウォルター・ミティの秘密の生活』という作品は、1947年に『虹を掴む男』というタイトルで映画化され、

広く知られています。絵においても、文章においても、また個人生活においても、少しとぼけた、品位のある独特のユーモア感覚がこの人の持ち味でした。雑誌「ニューヨーカー」にはぴったりのキャラクターだったのです。

　本作品『世界で最後の花』は1939年11月に刊行されました。この日付はきわめて重要な意味を持ちます。というのはその年の9月には、ナチス・ドイツ軍がポーランドに侵攻し、第二次世界大戦が勃発しているからです。つまり戦争を予期させるきな臭い空気の中で、世界の平和を切に願って描かれたであろうこの絵本が書店の棚に並んだときには、世界は既に激しい戦火に巻き込まれていたのです。そのときサーバーが感じていたであろう虚しさが想像できます。

　本書は絵本という体裁をとっていますが、決して子供のためだけに書かれた本ではありません。もちろん子供たちが読むことにも意味はあるのでしょうが、「大人のための

寓話」とした方が、作者の真意はより正確に伝わるかもしれません。翻訳も基本的にそういう点を念頭に置いておこないました。

　この本はローズマリーに捧げられていますが、彼女は1932年に誕生したサーバーの一人娘でした。彼女の生きた世界は、お父さんの願い通り「より善い」世界だったのでしょうか？

　みなさんもご存じのように、世界では今でも、この現在も、残酷な血なまぐさい戦争が続いています。いっこうに収まる気配はありません。それはあとになったら、当事者の将軍たちでさえ「何のための戦争だったかもう思い出せない」ような戦争であるかもしれません。そんな中で「世界で最後の花」を守るために、多くの人が力を合わせています。この本も、そんなひとつの力になるといいのですが。

（2022年12月）

ジェームズ・サーバー（James Thurber）

1894年、オハイオ州コロンバス生まれ。国務省の暗号部員として、また、新聞「コロンバス・ディスパッチ」の記者として働いた後、1927年から雑誌「ニューヨーカー」の編集者・執筆者として働いた。エッセイスト、小説家、漫画家やイラストレーターとしても活躍し、20世紀にもっとも人気のあるユーモリストのひとりとなった。代表作『ウォルター・ミティの秘密の生活』は、1947年に『虹を掴む男』として、2013年にはベン・スティラー主演の『LIFE!』として、二度にわたって映画化された。『世界で最後の花』（原題『The Last Flower』）は多くの国で翻訳出版され、フランス語版の翻訳はノーベル文学賞受賞者のアルベール・カミュが務めた。www.thurberhouse.org/james-thurber

村上春樹（むらかみ はるき）

1949年、京都市生まれ。早稲田大学第一文学部卒業。1979年『風の歌を聴け』（講談社）でデビュー。主な長編小説に、『羊をめぐる冒険』『ノルウェイの森』『ダンス・ダンス・ダンス』（以上、講談社）、『世界の終りとハードボイルド・ワンダーランド』『ねじまき鳥クロニクル』『海辺のカフカ』『1Q84』『騎士団長殺し』『街とその不確かな壁』（以上、新潮社）、『色彩を持たない多崎つくると、彼の巡礼の年』（文藝春秋）などがある。主な訳書に『キャッチャー・イン・ザ・ライ』（白水社）、『グレート・ギャツビー』（中央公論新社）、『ティファニーで朝食を』（新潮社）、『おおきな木』『はぐれくん、おおきなマルにであう』『ジュマンジ』（以上、あすなろ書房）など多数。翻訳についての著書に、『翻訳夜話』『翻訳夜話2 サリンジャー戦記』（以上、文藝春秋）、『村上春樹 翻訳（ほとんど）全仕事』（中央公論新社）、『本当の翻訳の話をしよう』（スイッチ・パブリッシング）がある。

THE LAST FLOWER
by James Thurber

世界で最後の花　絵のついた寓話

2023年6月12日　初版発行

作　　　　ジェームズ・サーバー
訳　　　　村上春樹

発行者　　千葉 均
編集　　　辻 敦
発行所　　株式会社ポプラ社
　　　　　〒102-8519　東京都千代田区麹町4-2-6
　　　　　一般書ホームページ www.webasta.jp
印刷・製本　中央精版印刷株式会社
装丁　　　川名 潤

Printed in Japan N.D.C.933/111P/16cm ISBN978-4-591-17810-2